P9-AES-490

Une souris verte qui courait dans l'herbe je l'attrape par la queue je la montre à ces Messieurs ces Messieurs me disent

picoti picota lève la queue et puis s'en va. Une souris verte qui courait dans l'herbe je l'attrape par la queue

Une poule sur un mur qui picote du pain dur picoti picota lève la queue et puis s'en va. Une souris verte

trempez-la dans l'huile trempez-la dans l'eau ça fera un escargot tout chaud. Une poule sur un mur

je l'attrape par la queue je la montre à ces Messieurs ces Messieurs me disent trempez-la dans l'huile trempez-la dans l'eau

trempez-la dans l'huile trempez-la dans l'eau ça fera un escargot tout chaud. Une poule sur un mur qui picote du pain dur

je la montre à ces Messieurs ces Messieurs me disent trempez-la dans l'huile trempez-la dans l'eau ça fera un escargot tout chaud.

qui courait dans l'herbe je l'attrape par la queue je la montre à ces Messieurs ces Messieurs me disent

qui picote du pain dur picoti picota lève la queue et puis s'en va. Une souris verte qui courait dans l'herbe

ça fera un escargot tout chaud. Une poule sur un mur qui picote du pain dur picoti picota lève la queue et puis s'en va.

ISBN 978-2-211-20200-8

Loi numéro 49 956 du 16 juillet 1949 sur les publications
destinées à la jeunesse : septembre 1990
Dépôt légal : avril 2011
Imprimé en France par Mame à Tours

Claude Ponti

PÉTRONILLE

et ses 120 petits

l'école des loisirs
11, rue de Sèvres, Paris 6e

C'est le matin. Pétronille boit son thé au gruyère devant sa maison. Elle regarde le soleil se lever.
Il a bien dormi. Pendant la nuit, des champignons ont poussé. Il va faire beau.

Pétronille prépare le déjeuner de ses petits.
Elle en a beaucoup.

120, exactement. Douze fois tous les doigts des deux mains.

Comme tous les matins, ils ont très faim et prennent leur biberon sur ses genoux.

Ensuite, ils font chacun un dessin pour leur papa qui est loin. Il s'appelle Everest.

Pétronille va s'en aller faire des courses.
Elle laisse ses petits à la maison.

Leurs dessins terminés, ils les mettront dans une grande
enveloppe blanche qu'ils posteront.

En chemin, elle pense à tous ses enfants. Elle y pense *si fort* que ça fait une fleur rose autour d'elle.
Elle est très heureuse d'être une fleur avec *autant* de pétales.

Chez l'épicier, elle achète une grosse tranche de pomme,
un grain de riz, cinq paquets de pâtes,
un jeu de mistigri et 120 sucettes.

Elle décide de rentrer par la Forêt Touffue
qui est si belle dans la lumière de l'été.

Elle ne voit pas les yeux
qui la guettent entre les feuilles.

Ce sont les yeux de **Cafouillon** qui est si bête qu'il mélange
toujours tout. Il croit que Pétronille est une souris verte.

Il l'attrape et la donne à ces Messieurs.

Ces Messieurs la trempent dans l'huile et la trempent dans l'eau,

pour en faire un escargot tout chaud. Pétronille n'est pas d'accord, et trouve le moyen de s'échapper.

C'est un moyen très rapide et
même assez pratique.

Malheureusement, il a si mal aux oreilles qu'il ferme les yeux,
l'imbécile.

Pétronille s'envole par-dessus un troupeau de roches endormies. Elle se sent un peu molle dans les chevilles.

Elle s'écrase près d'une colline. En plus, une pluviotte à aigrette se met à faire de la pluie.

Elle court se mettre à l'abri
sous un dolmen,
tout en haut, sur la colline.

Les trois pierres habitent sous le même chapeau depuis si longtemps qu'elles ont oublié quand elles l'ont acheté. Elles s'ennuient et pleurent sous la pluie.

Pétronille n'aime voir pleurer personne, encore moins les pierres.
Elle sort de sa poche le jeu de mistigri et leur apprend à jouer.

Et voilà qu'on entend rire
sur la colline.

Les trois pierres donnent un petit caillou à Pétronille
en échange du jeu de mistigri. Peut-être aussi pour la remercier.

La pluie qui tombe très fort
fait un rideau.

Pétronille va voir de l'autre côté. Il y a un chemin.

Elle décide de le prendre. C'est un mauvais chemin qui fait exprès de perdre les gens.

La voilà complètement perdue, au milieu de plantes féroces
qui veulent la mordre et la manger.

Elle n'a pas *vraiment* envie d'être mangée. Elle s'enfuit et s'accroche à des poussins qui jouent à être une corde.

Pétronille est sauvée grâce aux poussins
qui sont très malins.

Surtout Blaise, le poussin masqué, qui sait tout
et même encore plus.

Une petite fille est en train de lire dans sa forêt-bibliothèque. Elle s'appelle Adèle et n'a rien vu.
Pétronille, elle, continue.

Alors là, elle est plus perdue que perdue.
Elle pense qu'elle est au moins ailleurs.

Il y a encore quelqu'un qui pleure.
Cette fois c'est une madeleine.

C’est difficile à consoler,
une madeleine. Et puis toutes
ces larmes qui font une mare...

... un lac, une mer, un océan,
un super océan géant,
c’est gênant.

Pétronille lance le petit caillou
offert par les trois pierres.

Il se met à pousser sous l'eau...

... juste à temps pour Pétronille qui ne sait pas nager.

Et la madeleine pleure toujours malgré les câlins...

Pétronille essaie un bisou
anti-chagrin et la madeleine éclate
en huit morceaux.

Dedans, il y avait Tartarin, un de ses petits !
Enfermé dans le gâteau ! Elle n'y comprend plus rien.

Tartarin lui explique :
Que Batifoline est partie poster la lettre
pour leur papa,

et qu'un horrible monstre est venu enfiler sa trompe
dans la maison, et qu'il a aspiré et emporté
tous les enfants emballés dans son tablier,

et que, lui, Tartarin, il a sauté dans le ciel, et que là,
il a vu Batifoline qui s'envolait aussi, à cheval
sur la lettre qui était devenue un oiseau,

et que, lui, il est tombé et il a pleuré, et puis, il était
dans la madeleine, et que, après, il ne sait pas.

Pétronille est toute seule, au milieu du super océan géant.
Tartarin contre son sein, elle regarde au loin...

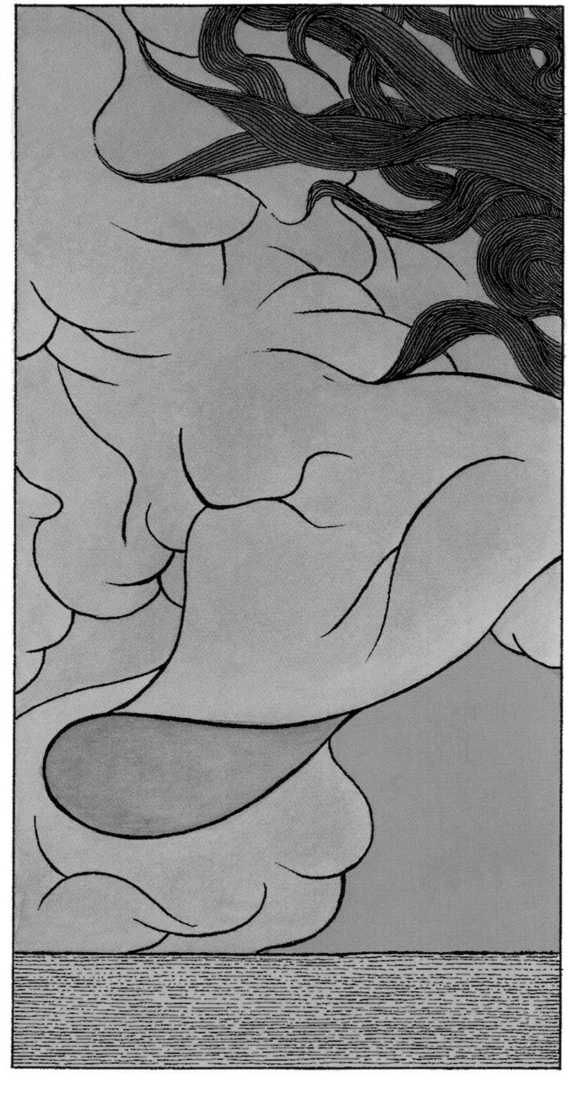

... un étrange nuage.
C'est la robe de quelqu'un.

La Maman-de-Toutes-les-Mamans vient aider Pétronille à quitter son île-caillou. Avec une mèche de ses cheveux...

... elle fait un pont par-dessus le super océan géant.

Sur le pont de cheveux, Pétronille court.
Elle traverse le ciel comme un éclair...

... saute sur le sommet d'une falaise.
Elle entend crier.

Ses petits sont prisonniers dans l'arbre-cage.

Prisonniers du **Sagoinfre** qui plonge les enfants dans le chocolat chaud avant de les manger.

Un terrible combat commence : les petits, délivrés par Tartarin, Everest et Batifoline arrivés par courrier…

… et Pétronille, furieuse, attaquent le monstre.

Tout est fini. La **bête** est morte.

Transformée en éclair de pierre et de chocolat.
Pour toujours.

La petite famille, enfin réunie, s'en retourne par n'importe quel chemin puisqu'elle ne sait pas où elle est. Le mieux est certainement de franchir le mur.

Sur le mur, une poule picote du pain dur. C'est la poule de la chanson, mais elle ne le sait même pas. *Sa* chanson à elle, elle ne la connaît pas. Elle est nulle.

De ne rien savoir à ce point, ça la colle au mur.
Alors les petits lui chantent sa chanson.

Aussitôt, la poule lève la queue et puis s'en va,
laissant une petite plume.

La plume grandit comme
un artichaut.

Tout le monde grimpe dedans.

Et l'étrange artichaut prend
son vol.

Il connaît le chemin de la maison.

Elle est un peu cassée, mais elle a attendu là, sans bouger.

Maintenant, c'est le soir et c'est la fête. Les enfants font un spectacle où ils ont tout inventé. Leurs parents regardent. La nuit sera douce.

À chaque fou sa casquette
et à moi mon chapeau.

Une souris verte qui courait dans l'herbe je l'attrape par la queue je la montre à ces Messieurs ces Messieurs me disent

picoti picota lève la queue et puis s'en va. Une souris verte qui courait dans l'herbe je l'attrape par la queue

Une poule sur un mur qui picote du pain dur picoti picota lève la queue et puis s'en va. Une souris verte

trempez-la dans l'huile trempez-la dans l'eau ça fera un escargot tout chaud. Une poule sur un mur

je l'attrape par la queue je la montre à ces Messieurs ces Messieurs me disent trempez-la dans l'huile trempez-la dans l'eau

trempez-la dans l'huile trempez-la dans l'eau ça fera un escargot tout chaud. Une poule sur un mur qui picote du pain dur

je la montre à ces Messieurs ces Messieurs me disent trempez-la dans l'huile trempez-la dans l'eau ça fera un escargot tout chaud.

qui courait dans l'herbe je l'attrape par la queue je la montre à ces Messieurs ces Messieurs me disent

qui picote du pain dur picoti picota lève la queue et puis s'en va. Une souris verte qui courait dans l'herbe

ça fera un escargot tout chaud. Une poule sur un mur qui picote du pain dur picoti picota lève la queue et puis s'en va.